PARIS

V U

TEL QU'IL EST.

PARIS

VU

TEL QU'IL EST.

A LONDRES,

Et se trouve à PARIS.

Chez les LIBRAIRES qui vendent les
Nouveautés.

M. DCC. LXXXI.

ÉPITRE
A MON LIVRE.

Tout est Compagnie, jusqu'aux Auteurs ; mais je suis seul. Cependant ne craignez rien, mon Livre, vous ne serez pas moins recherché ; vous n'aurez pas de Prôneur, vous aurez des Lecteurs ; vous ne serez pas placé dans les Bibliothèques, vous courrerez les toilettes ; les pompons, les fleurs vous environneront ; les poudres, les essences n'altéreront pas même votre couverture. Il pourra arriver qu'une Petite-Maitresse vous jette de dépit sur un sopha ; mais un Amant folâtre vous sauvera du naufrage : on vous relira ;

A 3

on vous trouvera vrai. Enfin, votre bonheur fera complet, puifque vous ferez témoin des plus jolies chofes. J'efpère que vous connoîtrez le prix de votre exiftence, & que vous en remercierez celui qui a l'avantage d'être votre père.

PARIS

VU TEL QU'IL EST.

JE m'ennûie en Province, dit un jour la Baronne de *** à fon mari ; tout m'y paraît lourd, pefant, ridicule. J'ai entendu parler de Paris, je vcux y aller. Point de replique ; vous ne m'avez pas époufé pour me faire mourir.... Partons.

A ce début on connaît le caractère de la Baronne ; vive, tranchante, décidée, de l'efprit fans jugement : avec ces défauts elle faifait cependant les délices de fon mari ; il était homme complaifant, & elle étoit jolie femme.

Prendre des avances fur les Fermiers, faire plier les bagages, monter en voiture & courir ; tout cela ne fut l'affaire que d'un jour.

Quoi ! point d'aventures dans leur voyage, me

A 4

dira-t-on ? Tous les Héros des Contes & des Romans eu ont eû : c'eſt juſtement pour cette raiſon que je ne veux pas leur en faire, il faut qu'ils arrivent à Paris, on les y attend.

Ah ! mon mari, s'écrie la Baronne du plus loin qu'elle apperçoit la Capitale, vois-tu ces Maiſons, ces Palais ; c'eſt une Province, un Monde, un Univers : je commence à reſpirer. — Tu es folle.... Je ne vois que des brouillards, & l'air y eſt plus épais qu'en Province. — Ah ! il n'y a rien tel que l'air de Paris, je le ſens.

Dans ces promenades ſuperbes *, qui charment tous les Etrangers lorſqu'ils arrivent, étoit alors un grand nombre d'équipages ; plus loin une multitude de perſonnes raſſemblées. Qu'eſt-ce que c'eſt, dit la Baronne, qu'on arrête, & voyons. De jeunes Seigneurs, vêtus d'une manière auſſi leſte qu'élégante, s'exerçaient à la courſe & retraçaient les jeux des Anciens. Un d'entr'eux fixe la Baronne. C'eſt une beauté de Province, dit-il, elle ne ſera pas indifférente lorſqu'on l'aura miſe à l'air de Paris. La Baronne s'en apperçoit, rougit, diſparait, & loue en elle-même la politeſſe qu'on vient de leur faire.

_____

* Les Champs Eliſées.

Arrivés à un hôtel ; il vous faut, dit le Maître, appartement pour Monſieur, appartement pour Madame. Non, dit le Baron, nous ſommes accoutumés à demeurer enſemble. — Monſieur, cela eſt trop Bourgeois, les perſonnes de qualité doivent ſe diſtinguer : d'ailleurs, dans ce pays-ci les femmes ont des affaires que les maris n'ont pas. Il a raiſon, dit la Baronne ; entrez dans votre appartement, qu'on m'ouvre le mien : il fallut en paſſer par-là.

Allons vîte, Laquais, tout au ſervice de Madame. — Et Monſieur ? — Il attendra. — Qu'on aille chez la Marchande de modes, qu'on faſſe venir la Couturière, qu'on m'amène le Bijoutier, qu'on introduiſe la Marchande d'étoffes de ſoie : il fut dit, il fut fait. En quatre jours Madame ſe trouve parée, embellie, à la mode, & en état de paraître.

Que tu es charmante, ma femme, s'écrie le Baron en entrant chez elle, tu vas effacer toutes les Beautés Pariſiennes. — Monſieur ! ce ſont mes affaires. — Comment, Monſieur ! eſt-ce que je ne ſuis plus ton mari ? — Il faut prendre l'air de Paris, & parler comme on y parle. Vous direz dorénavant Madame, & moi Monſieur ; je l'entends, je le veux.

On annonce le Chevalier Dorimont , Petit-maître femillant, qui, comme bien d'autres,était habile
à vivre aux dépens du Public. Mon coufin , dit le
Baron , c'eft un homme charmant, plein d'efprit,
& qui joue un rôle important dans cette Ville.
Le Petit-Maître entre, pirouette & pince fon
jabot. Bon jour , mon adorable coufine ; en vérité ,
il faut avouer que vous êtes bien aimable d'être
venue nous voir. Cette Ville vous en faura bon
gré , vous vous y amuferez beaucoup , & je m'en-
gage à vous y accompagner. Le Baron & la Baronne le remercierent de fes offres obligeantes , &
le retinrent à dîner.

Hé bien ! mon coufin , dit le Baron , comment
vont les affaires ? Fort bien , répond le Chevalier.
— Et la fortune ? — Elle eft capricieufe à fon ordinaire. — L'avez vous enfin fixée ? — Je ferais
le premier dans le monde. — Vous m'entendez ?
— Oh ! je m'entends bien ; j'ai un équipage , une
maifon montée , & je ne fuis pas plus riche qu'il
y a dix ans. — C'eft-à-dire, que vous n'avez rien.
— Je n'en vis pas moins honorablement. — Et
comment faites vous ? — Comme bien des gens à
Paris ; j'intrigue , je joue , j'emprunte & je ne
rends pas. — Eft-ce le fait d'un honnête homme?
— Honnête homme à Paris ; il faudrait loger au
fixième étage , & de-là , comme d'un obferva-

toire, examiner & se taire. — Vous prétendriez
me faire croire qu'il n'y a point d'honnêtes gens
dans cette Ville; je vais donc être bien attrapé.
— Faites comme moi. — Je n'ai garde. — Tant
pis , vous serez mal servi. — Je ne le crois pas.
— Oh ! je vois bien qu'il faut vous instruire, car
aujourd'hui les jeunes gens en apprennent aux
anciens ; mettez d'abord de côté vos préjugés de
Province, ensuite écoutez moi.

Vous savez ce que mon père me donna en par-
tant de la Province? — Assurément, peu de chose.
— Hé bien ! avec ce peu je me fis beaucoup d'honneur. Voyez ce que c'est que l'esprit. J'arrive à
mon hôtel, je commence par distribuer des grati-
fications aux Domestiques, je paie exactement les
Maîtres , j'évite les dettes criardes , ma réputation
est faite. Je veux faire des emplettes, on vient
s'informer de moi , on répond que je suis bon ;
c'en est assez, on s'empresse à me fournir , on
est à mes ordres, je n'attends pas un instant. — Et
comment pouvez-vous trouver des gens assez sim-
ples pour être vos dupes? — Ils en font bien
d'autres de leur côté ; je ne prends à mes Fournis-
seurs que la centième partie de ce qu'ils volent aux
Seigneurs. — Ils sont donc bien riches? — Pas
un seul qui n'ait maison de Ville & de Campagne.
Mon Tailleur vient chez moi en Président, le

Commis de mon Marchand avec l'élégance d'un
Marquis, le premier Garçon de mon Sellier en veſte
d'étoffe d'or & en habit de velours; ai-je tort ?
— Je ne vous approuverai pas. — Doucement,
Monſieur le Baron, n'allez pas moraliſer ici, vous
vous donneriez un ridicule, & pour l'honneur de
notre Maiſon n'ayez pas l'ame Roturière : en un
mot, je vous avertis en ami, vous avez beau dire,
vous ne fixerez jamais le vif argent dans nos têtes,
l'air de Paris n'eſt pas celui de la Province.

Le dîner fini. Que faites vous ce ſoir, mon aimable couſine, dit le Chevalier ? Vous n'êtes pas
ici pour garder l'appartement, ni pour copier ces
Amériquains, qui viennent paſſer ſix mois à Paris
& qui ſont toujours à leurs croiſées comme des
ſinges. La Foire St.-Germain eſt ouverte, c'eſt
aujourd'hui jour du beau monde ; vous êtes faite
pour y figurer. Monſieur le Baron, je ne vous mets
pas de la partie ; les maris dans cette Ville rougiſ-
ſent d'aller avec leurs femmes, ils ne ſortent plus
qu'avec leurs maitreſſes. Monſieur reſtera, dit la
Baronne. La voiture eſt prête. Chevalier, don-
nez-moi la main. Madame fit un petit ſigne de
tête au Baron ; & il dut encore s'en trouver
bien content.

Que vous devez bâiller en Province, mon aimable

couſine, dit le Chevalier, toujours vis-à-vis un mari aſſommant par ſa morale. — Ah! ne m'en parlez pas, la tête me fait mal quand j'y penſe. — Vive ce pays ici, au moins les femmes y ſont à leur aiſe, elles y tiennent le premier rang ; & nous autres jeunes gens, quoique dédaigneux, légers, pétulans, nous ne laiſſons pas que de faire leurs affaires. A propos, j'avais promis à une Marquiſe de l'accompagner au Spectacle ; mais j'en ſuis bien dédommagé : d'ailleurs, c'eſt une de ces Beautés ſurannés, qui ne ſavent plus que payer. — Quoi! payer? — Oui, payer. — Expliquez-vous. — Ici l'amour ſe trafique comme autre choſe. De tendres Beautés reçoivent des ſexagénaires, & donnent à des Amans bien-aimés. Nos Dames, qui ſont réduites à prendre leurs graces ſur la toilette, enrichiſſent leurs Adonis, & ceux-ci ſe divertiſ-ſent avec de jeunes Elégantes. — Voilà du nouveau pour la Province. — Que voulez-vous? On eſt idiot dans ce pays-ci ; ſi l'on ne proſtitue pas ſes mœurs dès l'âge de quinze ans ; on n'aſſure ſa reputation que par des indécences ; on ne doit ſon avancement dans le monde qu'à la coquetterie des femmes. — Il paraît qu'elles ont tout en main. — Elles forment ſeules la bonne compagnie. — Sûrement vous n'avez pas toujours eu ſujet de vous en louer. — Le plus riche Financier qui ſe ruine eſt trompé tous les jours, que ferait-ce de celui qui n'a rien à leur offrir ? — J'aime votre franchife.

La Foire était brillante. Modes nouvelles, ha-
billemens légers , coëffures, élégantes , minois
jolis , figures grotefques , vieilles Femmes en robe
à la Polonaife , Filles du Monde en Lévite , Abbés
en chapeaux à la Suiffe , Moines en bas de foie ,
Seigneurs habillés en coutil , Valets de Chambre
en habits brodés , Laquais en montre d'or & bou
cles à brillans. Comment trouvez-vous cette Foire.
mon aimable coufine, dit le Chevalier ; n'eft-ce
pas un coup-d'œil intéreffant ? — J'ai toujours entendu dire qu'il n'y a qu'un Paris pour tout. — On
a raifon ; demeurez avec nous, croyez-moi : la
Province eft le tombeau des plaifirs ; ici ils re-
naiffent prefque à chaque pas. Vous voyez cette
femme parée magnifiquement , que l'on fuit en
foule : c'eft une Actrice de l'Opéra , femme charmante ! je la connais beaucoup , & je ne puis
m'empêcher de l'admirer ; elle a l'âme noble , elle
a déja ruiné quatre Seigneurs : mais elle fait beaucoup de bien , & je vous protefte qu'elle eft pré-
férable à cent dévotes qui ne donneraient pas une
obole pour arracher une pauvre famille à la mi-
fère. J'apperçois cependant un mari avec fa
femme ; c'eft un Notaire, homme d'ordre : je
dînai ces jours-ci avec lui, chez fa maitreffe ;

mais cela n'empêche pas qu'il n'achette à son épouse, argent comptant, des parures qu'un Duchesse n'oferait prendre à crédit : au refte, s'il vient à déranger fes affaires, il fe tuera.

Il fallut voir tout ce qu'il y avait de plus intéreffant : Marionnettes fpirituelles, Baladins éloquens, Voltigeurs découplés, Animaux rares & induftrieux. Tout eft civilifé dans ce fiècle, dit le Chevalier, les bêtes ont l'efprit des hommes. On entre au Wauxhall. C'eft ici le Palais des Fées, s'écrie la Baronne. — C'eft le Temple des Graces, mon aimable coufine, le rendez-vous de ce qu'il y a de mieux dans la Ville, les jeunes gens y trouvent à coup fûr de quoi efcompter leur jeuneffe. Y a-t-il quelque chofe de plus délicieux que ces danfes ? Quelle légèreté, quelle foupleffe, quelles attitudes ! La Baronne convint en fortant qu'on n'avait jamais rien vu de plus beau, & le Chevalier prouva par-là que les Sciences en France étaient au dernier période.

De retour à l'hôtel, le Chevalier fe retire ; il était engagé dans une partie de jeu & un fouper-fin, & il n'était pas homme à négliger fes affaires.

Que penfez-vous, Madame, du Chevalier ? dit

le Baron; quelle pauvre tête! on ne me l'avait
point dépeint tel qu'il eſt. — Il eſt fort aimable.
— Peut-il y avoir un étourdi pareil? — Il parle
bien. — Sans principe, ſans probité. — Il eſt fort
conſidéré. — Devant à tout le monde ſans s'en
inquiéter. — On le ſalue de tout côté à la pro-
menade. — Il fait peu d'honneur à ma famille.
— Il a des amis qui l'eſtiment. — On ne penſait
pas de cette manière il y a trente ans. — On n'en
était pas plus raiſonnable. — Aujourd'hui les
jeunes gens n'ont qu'un eſprit de filouterie &
d'arrogance qui fait honte à la Nation; le François ſe met en mauvaiſe reputation chez l'Etrangers. — Eh! que nous importe un être qui n'eſt
pas Pariſien?

Le jour arrive où l'on doit dîner cher un Fer-
mier-Général; grande toilette, poudres, eſſen-
ces, blanc, rouge, rien n'eſt oublié. Vous n'y pen-
ſez pas, Madame, dit le Baron, vous allez gâter
votre teint. — Monſieur, chacun fait comme il
veut. — Votre peau, comme celle des Dames de
Paris, ne ſera plus qu'une toile paſſée à l'huile,
ſemblable à celle que les Peintres gomment &
colorent....... Ah! plaiſante hiſtoire, s'écrie
le Chevalier en entrant auſſi ſubtilement qu'un
vent – coulis, Monſieur le Baron fait la cour à
ſon épouſe, il a bien de la peine à ſe mettre à
l'air

l'air de Paris ; je ne crois pas que nous en faffions quelque chofe. . . . . . Mon aimable coufine , permettez-moi de vous préfenter l'Abbé mon ami. — L'Abbé me fera plaifir. — C'eft la perle des Abbés. — L'Abbé eft intéreffant. Il a tout ce qu'il faut pour s'avancer. — L'Abbé me paraît avoir de l'efprit. — Il eft fécond en galanteries, comme Janot en bouffonneries. — L'Abbé fera fon chemin.

On part : le Baron monte le dernier en voiture , &l'Abbé replace un pompon qui était dérangé.

Les repas dans Paris font objet de vanité chez l'homme parvenu , auffi la compagnie fut-elle nombreufe & du plus haut ton. Les femmes s'épièrent & fe parlèrent tout bas : les hommes fe mefurèrent de la tête aux pieds , & ne fe dirent mot. Airs dédaigneux , hauffemens d'épaules , grimaces de cérémonie , pirouettes , rengorgemens. On loua la beauté du fervice fans y prendre garde. On effleura les mets fans en manger ; on but du vin fans en goûter : enfin le Champagne pétilla dans les verres comme l'efprit dans les têtes. L'un parla du Théâtre de la Guerre , l'autre du Théâtre de l'Opéra. Celui-ci exalta les victoires d'un Général ; celui-là les conquêtes d'une Actrice. Le bel-efprit fe fit un mérite d'avoir fait

B

un Livre qui n'eut pas un plus long cours que les coëffures & les rubans. L'Abbé dit joliment qu'on en favait affez, puifque l'on poffédait le grand art de jouer, babiller, rire & faire fa cour aux Dames. Le Philofophe fit briller fon génie en fe comparant à la brutte & ne regardant l'autorité que comme la loi du plus fort. Le Militaire fignala fa bravoure, en affurant qu'il préférait les faveurs de Vénus aux lauriers de Mars, le plus mauvais fopha au meilleur lit de camp; tous parlèrent fans s'entendre, rirent fans fujet, fe quittèrent fans fe dire adieu; & chacun fe retira content de foi.

Voilà, dit le Chevalier, ce qui s'appelle une fociété, Monfieur le Baron! On y fait plus d'efprit en un quart-d'heure que dans votre Province en un an. — Dites plus de folies. — Refpectez un peu nos ufages, ou plutôt, refpectez-vous vous-même. — Moi! refpecter vos perfifflages, vos radotages, vos papillotages. — Prenez garde qu'on vous entende, on vous prendrait pour un bon-homme, & je m'intéreffe à tout ce qui vous regarde. Allons à l'Opéra : mon aimable Coufine veut s'amufer, & je l'approuve.

Le fujet était tiré du taffe. S'il me fait autant de plaifir, dit le Baron, que j'en ai eu en lifant le Poëme, je ferai content. Admirez tant qu'il vous plaira, dit le Chevalier, pour moi je n'aime pas ces Amours fi outrés, ni cette Mufique fi atterrante ; le François veut être bercé & non pas renverfé. L'Auteur a un rival qui eft plus doux, plus léger, & qui me plaît d'avantage. Vous ne fauriez croire combien ces deux Muficiens ont excité de débats dans cette Ville pendant plus d'un an. Les Gazettes & les Journaux ne parlaient que d'eux. J'ai mis plufieurs fois l'épée à la main pour défendre mon opinion. Je connois deux amis qui font irréconciliables, pour s'être trouvés d'un avis contraire : ils ont raifon, tout Citoyen doit prendre parti dans une caufe qui intéreffe la Nation.

La Baronne était plus occupée à obferver les lorgnettes dirigées vers elle, qu'à écouter des gofiers Italiens, entés fur des gofiers François. Ce vifage décrépit que vous voyez dans les premières loges, lui dit le Chevalier, eft un Seigneur octogénaire, le défefpoir des jeunes gens ; il eft encore auffi brave en amour qu'il le fut autrefois en guerre. Plus loin eft un jeune Confeiller qui n'a jamais étudié fon Cujas que dans Candide. Je connois particulièrement fa Maitreffe ; fi Monfieur le Baron a des procès, je les garantis bons : elle eft plus éloquente auprès de lui que les meilleurs Avocats. Je vois un Officier en uniforme,

B 2

il ignore, fans doute, qu'à Paris on ne doit pas
porter l'habit de fon état dans les affemblées.
Ah ! bon. Voilà au moins l'Abbé * * qui connaît les ufages, il eft en bourfe & en épée.

Le tems de l'Opéra fe paffa à remarquer mille
fingularités importantes, & l'on n'oublia pas de
battre des mains comme les autres.

Le lendemain on alla aux Italiens. Vous allez
voir, dit le Comte, le plus beau Spectacle de
cette Ville, & la compagnie la plus divertiffante.
On y bâillait autrefois ; mais deux jeunes Auteurs
fe font emparés de la Scène & ont pris foin de
nous égayer.

On leve la toile. Les Acteurs & les Actrices
paraiffent & font applaudis. De jolies Chanfon-
nettes fur des airs connus, des faillies un peu li-
bertines, fur-tout des traits mordans fur les maris,
formaient les Pièces les plus ingénieufes & les
plus nouvelles.

Voilà donc ce que vous appellez du beau, dit
le Baron ; il paraît que le léger & le frivole ont
feul le droit de plaire ici. Quoi ! vous allez encore
moralifer, dit le Chevalier, dans un lieu où on
ne doit que rire : quelque foit votre opinion, les

deux jeunes Auteurs ne feront pas moins regardés comme les réformateurs du Théâtre Italien, & vous verrez qu'un jour ils y feront couronnés comme Voltaire l'a été au Théâtre François. Oui, dit le Baron, avec cette différence qu'on a donné à l'un une couronne de Lauriers, & qu'à ceux-ci on en donnera une de Sainfoin. — Ne plaisantez pas, je sçais moi qu'ils ont distribué de bonnes Etrennes au Foyer & aux Journalistes. — Je le crois ; c'est pour avoir la liberté d'en offrir de mauvaises au Public.

Les femmes font charmantes, mon aimable Cousine, dit le Chevalier. Presque toutes ont l'air d'être entretenus, dit le Baron. — Point du tout, vous vous trompez ; à Paris les filles prennent souvent le ton des femmes honnêtes, & les femmes honnêtes le ton des filles ; les unes pour sortir plus aisément avec leurs amans, & les autres pour plaire à leurs maris. Voici quelqu'un qui vous salue, Chevalier, dit la Baronne. — Ah ! c'est un Chimiste qui fait des expériences avec succès ; il rassemble une brillante société : la Faculté s'oppose à ses progrès ; mais que peut-elle faire contre de jolies Femmes & des Prélats ? Auprès de lui est un homme du plus grand mérite, fin connaisseur en Ouvrages de goût, très-versé dans la Littérature ; jouant souvent la Comédie, & faisant supé-

rieurement le rôle d'Orofmane. — De quel état
eft-il ? — Vous ne le croirez pas ; mais ce que je
vous dit eft vrai : il eft Cordonnier. — Cordonnier ! — Vous êtes furpris, Monfieur le Baron.
Oh ! il eft plus brillant que vous & moi, & donne
fouvent à manger à de bons Gentilshommes ; il
travaille pour les plus jolies femmes de la Ville
& de la Cour, & ne fe rend jamais chez elle que
dans fa voiture. Je vais vous citer un trait qui
vous fera connoître combien il mérite d'être con-
fidéré. Une jeune Marquife le fit prier de paffer
chez elle, & lui fit part du chagrin qu'elle reffen-
tait de ne pas avoir un pied comme bien d'autres
femmes qu'elle voyait en fociété. Notre éloquent
Cordonnier lui prouva que les petits pieds n'é-
tait point une beauté réelle ; que nos plus habiles
Peintres n'avaient jamais repréfenté une Diane &
une Vénus avec des petits pieds ridicules ; qu'il
était contre la nature & la vérité, qu'une femme
d'une taille au-deffus de l'ordinaire & d'un cer-
tain embonpoint, fut appuyée fur deux faibles
fupports : enfin, il la confola en lui promettant
de donner au Public un Ouvrage qui détruirait
cette mode barbare, de bleffer les pieds pour les
diminuer ; il eft fous preffe, je l'achetterai.

Le Baron ne pouvait rien comprendre à tout
ce qu'il avait vu & entendu depuis qu'il était à

Pa:is. Les Français, disait-il, se sont apparemment donnés le mot pour faire rire les Etrangers. La Baronne était d'un sentiment bien différent, aussi ses plaisirs le furent-ils bien-tôt. Les visites & les sociétés de Madame cessèrent d'être celles de Monsieur, ils ne se virent plus que par cérémonies.

Un jeune Comte, aussi aimable & pensant aussi noblement que le Chevalier, avait sçu plaire. On ne désirait que lui, il était de toutes les parties ; & Madame, comme c'est l'ordinaire, avait des migraines de commande pour se ménager des tête-à-tête.

On proposa un jour la Comédie Françaife ; le Baron n'était point d'humeur à aller au Spectacle, mais il fallut y consentir pour ne point occasionner des vapeurs à Madame. La Pièce était une Tragédie ; Histoire lugubre : & l'intrigue conduite avec adresse, la Poésie cadencée avec goût, les coups de Théâtre ménagés avec art, déchiraient le cœur, & faisaient couler les larmes..... Voilà de l'Young de Shakespear, dit le Baron, je ne croyois pas que les Français saisissent si bien le flegme & le sombre des Anglais. Qu'on applaudisse tant qu'on voudra à leur génie, dit le Chevalier, pour moi je n'estime que leurs

Chevaux & leurs Jaquets. Belle gloire ! on a reçu
l'Auteur de cette Pièce dans la société de nos
beaux-efprits pour nous avoir fait pleurer. C'eft
qu'on veut qu'il nous faffe rire , répond le Comte.
On applaudit.

Vous avez l'air de vous ennuyer, mon aimable
Coufine, dit le Chevalier. — Je ne fçais pas ;
mais je bâille comme fi j'étais au Sermon. — On
ne bâille pas ici au Sermon, nos Prédicateurs à la
mode ont enfin l'habileté d'employer des grimaces
de toilette & des phrafes de Théâtre qui égayent.
Mais cet Abbé poupin , que vous voyez vis-à-vis ,
n'eft pas plus à l'aife que vous, il eft charmant;
un mari le furprit fottement avec fa femme. Ses
preuves font faites , fa réputation eft établie auprès
des jolies femmes. — Cet Elégant qui nous regarde
fouvent, le connaiffez-vous, Chevalier ? — Oui,
mon aimable Coufine, je lui fais quelquefois l'honneur d'aller manger fa foupe. C'eft un homme de
la plus grande intelligence ; il a bien 40,000 liv.
de rente , quoiqu'il en doive deux fois autant :
mais ici l'on n'y prend pas garde, on ne juge
que par ce que l'on voit. Il faut que je vous conte
fon hiftoire. Il fut Militaire pendant fa jeuneffe ,
& employa plufieurs années à s'affurer quelques
infirmités pour fa vieilleffe. Ennuyé de porter
l'épée , il entra dans le commerce ; une Mar-

chande de chiffons furannée l'époufa, lui laiffa
toute fa fortune, & lui fit le plaifir de mourir.
—Comment, une Marchande de chiffons ! Badinez-
vous, Chevalier ? — Non , c'eſt le commerce
qui a la vogue ; la gaze vole à la Cour & à la
Ville , comme les papiers dans les bureaux.
— Doucement, ne vous moquez pas de nos parures. — Aſſurément, je les refpecte beaucoup ;
mais revenons à mon ami. Plufieurs perfonnes
s'empreſſèrent de placer leur argent dans fon commerce. Cette jeune Veuve jolie que vous voyez
avec lui, vient d'y mettre ce qu'elle poſſède.
Elle lui plaît ; il fe trouvera à la fin, qu'il aura
eu & les faveurs & la fortune. — Eſt - ce que
vous croyez qu'il fera banqueroute ? — Je ſerai
bien étonné, s'il n'a pas cet efprit. Plaifant efprit, s'écrie le Baron ! qu'une efprit de fripon-
nerie. — On eſt quatre fois plus riche après : d'ailleurs, c'eſt la mode. — Elle finira comme les
autres. Nos Miniſtres font trop fages pour laiſſer
fubfifter un pareil abus.

On allait entrer dans une difgreſſion politique ;
mais le Comte fit adroitement tomber la converfa-
tion fur des objets plus importans ; quand on eſt
avec de jolies femmes, on ne doit s'occuper que
de leurs plaifirs.

Nos Agréables n'étaient cependant pas enne-
mis des Sciences; ils avaient lu des Livres inf-
tructifs, le Sopha couleur de rose, l'Écumoire,
& mille Brochures Philofophiques, productions
du génie, ouvrages du bon goût. Ils ne man-
querent pas de confirmer dans l'efprit du Baron
& de la Baronne l'idée qu'on leur avait donné
en Province des beaux-efprits de la Capitale. Il
y aura dans deux jours une Séance littéraire,
dit le Comte, vous y aurez autant de plaifir
qu'à un Spectacle; vous pourrez dire, ajoute le
Chevalier, que vous avez vu ce qu'il y a de plus
merveilleux dans l'Univers. Enfin, dit le Baron,
je m'amuferai donc une fois dans cette Ville.

L'affemblée fut des plus nombreufes, il fallut
même fe paffer de dîner pour s'affurer d'être
placé. On fe préfente à la porte. Le Suiffe, par
une influence attachée à fa place, s'apperçut que
le Baron n'avait pas l'extérieur d'un Homme de
Lettres. — Vous pas être fçavant? Il eft vrai,
dit le Chevalier, que Monfieur n'a pas cultivé
les hautes Sciences. — Quoi lui venir faire ici?
— Si Monfieur le Baron n'entend pas, il ouvrira
les yeux. — Ah! les Barons entrer.....

Les Savans arrivent, fe faluent & fe placent.
Les Spectateurs fe pouffent les coudes, fe pincent

& ouvrent la bouche. Un Savant fe lève en me-
fure, fait raifonner une voix grêle, une Epigramme
vole au milieu de l'affemblée. Un fecond rap-
proche des fyllabes, forme des mots, & carde
une jolie phrafe. Enfin un troifième fe diftille en
complimens, s'exhale en éloges; l'encens brûle
en l'honneur des Savans, ils fe repaiffent de
fumée. Alors les vapeurs du bel efprit montent
aux têtes, on entre en convulfion, on crie, on
bat des mains, on rompt les bancs, & une jolie
femme s'extafie.

Qu'eft-ce c'eft que cela dit le Baron? quelle
cohue! Sont-ce là ces Savans fi vantés? A-t-on
jamais parlé d'une manière fi puérile? Je ne
reconnais plus ici des grands Hommes du fiècle
dernier que les fauteuils. Bon-homme, s'écrie un
Plumet, on voit bien que vous fortez du fond de
la Province. — Monfieur, chacun doit avoir la
liberté de penfer & de parler comme il veut.
— Non pas à Paris; les premiers efprits de l'Univers doivent entraîner tous les fuffrages; tout
homme doit trembler devant eux. — Il eft vrai
que fi dans les tems d'ignorance, les efprits ref-
femblaient à ceux-ci, je ne fuis pas étonné que
nos Pères en ayent eu peur.....

Pendant cette difpute, le Comte, la Baronne

& le Chevalier avaient difparu. Quand on veut être bien reçu dans les bonnes Sociétés, il ne faut pas prendre publiquement le parti de la raifon.

Qu'avez-vous fait, dit le Chevalier au Baron, lorfqu'ils furent arrivés à l'Hôtel ? A quoi vous expofiez-vous ? Nous étions perdu de réputation, fi on nous eut feulement foupçonné de votre compagnie : foyez dorénavant plus circonfpect ; cette fcène vous a mis de mauvaife humeur ; je le vois bien ; c'eft votre faute.

Eh! vîte, vîte, dit la Baronne : mes chevaux, mes gens; allons au bal. — Quoi! Madame, vous n'êtes pas contente d'avoir vu des efprits fardés, vous voulez encore voir des vifages mafqués ? — Monfieur, il eft minuit. — Il n'eft que neuf heures à ma montre. — Eh ! Monfieur, ayez donc une horloge de Paris : penfez-vous que le tems marche ici comme en Province. Bon foir, allez dormir.

Tout Paris étoit incognito à l'Opéra. Chacun, fous le coftume qu'il avait pris, manifeftait, non ce qu'il était, mais ce qu'il devait être. Les modes réuniffoient ce qu'elles avaient de plus admirable pour former un groupe d'Arlequins,

de Polichinels, de Pantalons. Les Petits-Maîtres
déployaient leur génie, foupiraient l'amour fur
tous les tons, rappellaient la bonne éducation
qu'ils avaient reçue, contrefaifaient leur voix,
efcaladaient les fuperlatifs, & s'efforçaient de
dire aux femmes les propos les plus grotefques.
O! la charmante bigarrure. On fe preffe, on
fe heurte, on bâille, on s'ennuye, on courre
après l'amour, après le plaifir, après l'efprit,
& tout cela s'échappe comme un zéphir. Mon
aimable Coufine, dit le Chevalier, prenez-
garde ici de vous méprendre : quelque défa-
grément que vous ayez eu, il faudra dire à
tout le monde que vous vous êtes bien amufé,
que vous avez entendu les plus jolies chofes,
qu'on vous a fait les plus belles propofitions,
que vous y retournerez toujours avec un nouveau
plaifir ; voilà le bon ton. D'ailleurs, vous fçavez
qu'on ne peut pas exifter décemment à Paris dans
le tems du carnaval, fans fe trouver à cette
affemblée.

Madame, dit le Baron, vous devez être bien
fatiguée d'avoir paffé la nuit. — Point du tout,
je n'y penfe pas. — Tenez, tout ce que vous avez
vu à l'Opera, n'eft que la repréfentation de ce
qui fe paffe journellement dans les fociétés de
Paris : on fe moque, on perfiffle, & on fe

contrefait pour ne point paraître tel qu'on est ; cette Ville me déplaît, je veux retourner en Province ; dans quatre jours nous partirons.

La Baronne ne répond rien. *Qui ne dit mot, consent* ; c'est le vieux Proverbe ; mais il faut qu'il cède à la mode.

On dispose ses affaires de part & d'autre pour le voyage. Monsieur s'applaudissait du peu de peine que Madame témoignait à partir, je recouvrerai le droit, se disait-t-il en lui-même, de dire ma femme, & je serai appellé mon mari.

Voyez si Madame est prête, dit, le jour du départ, le Baron à son Domestique. — Monsieur. — Quoi, Monsieur ! — Je ne sçais. — Que voulez-vous dire ? — Madame n'est pas rentrée depuis hier ; on est fort inquiet dans l'Hôtel. — Comment, qu'apprends-je ? Voilà un tour de Paris. Allez vîte chez le Comte, le Chevalier, sçachez ce qu'ils sont devenus..... On court, on s'informe ; le Chevalier était déménagé, le Comte était parti en poste avec une femme qu'il connaissait depuis peu. Un ami du Baron arrive sur ces entrefaites, & est instruit de l'affaire. Cela vous étonne, dit-il au Baron ? Rien de plus commun dans ce Pays-ci. On se vole sans

fcrupule les femmes des uns des autres. — Vous
parlez à votre aife. — Vous y êtes plus que
jamais à l'aife ; prenez une Maitreffe , vous vous
confolerez, comme tous ceux qui font dans le
même cas ; d'ailleurs, dans cette Ville , on n'a
pas une jolie femme impunément. Eh , que lui
fervirait-il d'être venue à Paris pour retourner en
Province ? Quelle figure y ferait-elle ?

Le Baron , fans s'arrêter à toutes ces raifons ,
s'élance comme un furieux dans une voiture ,
courre comme le vent, veut abfolument rattraper
fa femme.

Si mes Lecteurs font curieux de le rejoindre ,
il a pris la route de Bordeaux.

F I N.

www.ingramcontent.com/pod-product-compliance
Lightning Source LLC
Chambersburg PA
CBHW072214210626
46818CB00014BA/2156